www.ingramcontent.com/pod-product-compliance
Lightning Source LLC
LaVergne TN
LVHW050825051026
849532LV00008B/3128
* 9 7 8 8 1 1 9 0 2 2 0 1 4 *

آدھ درجن کہانیاں

(بچوں کی کہانیاں)

مرتبہ:

ڈاکٹر یونس حسنی

Aadh Darjan Kahaniyaan (Short Stories)
by: Dr. Younus Husna
Edition: September '2025
Publisher :
Taemeer Publications LLC (Michigan, USA / Hyderabad, India)

ISBN 978-81-19022-01-4

کتاب	:	**آدھ درجن کہانیاں**
مرتب	:	**ڈاکٹر یونس حسنیٰ**
پروف ریڈنگ / تدوین	:	سید حیدرآبادی
صنف	:	ادب اطفال
ناشر	:	تعمیر پبلی کیشنز (حیدرآباد، انڈیا)
سالِ اشاعت	:	۲۰۲۵ء
صفحات	:	۴۲
سرورق ڈیزائن	:	تعمیر ویب ڈیزائن

فہرست

سبز پری

کرشن چندر

میرے بچے کی پانچویں سالگرہ تھی۔

ماں نے اسے نئے کپڑے پہنائے۔ دوستوں نے تحفے پیش کیے۔ دوسرے گھروں سے اور بھی بچے آئے تھے۔ میرا بچہ دن بھر ان سے کھیلتا رہا۔ آم کھا کر اپنے کپڑے میلا کرتا رہا۔ جامن اور چیکو کے درختوں پر چڑھنے کی کوشش کرتا رہا اور جب اس کے سارے دوست چلے گئے اور وہ بالکل تھک گیا تو سونے کے لئے میری گود میں آبیٹھا۔

بچے نے پوچھا "آج ماں نے دن بھر پیار کیا۔ ایک بار بھی نہیں ڈانٹا، کیا بات ہے ؟"

میں نے کہا "آج تمہاری سالگرہ ہے۔"

وہ بولا "تو پھر یہ سالگرہ ہر روز کیوں نہیں آتی ؟"

میں نے کہا ہر روز کیسے ہوگی۔ آج نیا سال ہے۔ تمہاری زندگی کا پانچواں سال ہے۔"

بچہ چپ ہوگیا۔ وہ کچھ سوچ رہا تھا۔ تھوڑی دیر بعد بولا۔ "آج نیا سال آیا ہے

تو۔ تو پھر میرا پچھلا سال کدھر گیا؟ سال کی خوشی میں پچھلے سال کی یاد کیسے آئی ہے۔ نئے دوست کے ملنے پر کون پرانے دوست کو یاد کرتا ہے۔ یہ تو دنیا کا دستور ہے۔

سوال اتنا عجیب تھا کہ میں بالکل چکرا گیا۔ میں نے اپنی اور اپنے دستوں کی اتنی سالگرہیں منائیں لیکن کسی کو یہ خیال نہ آیا کہ پچھلے سال کہاں جاتا ہے؟؟۔

لیکن بچوں کا دستور دوسرا ہوتا ہے۔

اس لیے بچے نے پھر مجھ سے پوچھا "بتاؤ نا پچھلا سال کہاں گیا؟"

میں کیا بتاتا اسے۔ پانچ سال کے ننھے کو وقت کی گردش سمجھاتا۔ اس لیے میں نے خود ہی اس سے پوچھ لیا، کیونکہ جب میں اپنے بچے کے کسی سوال کو خود نہ بتا سکوں تو خود اس سے ہی پوچھ لیا کرتا ہوں۔ "تم خود بتاؤ ننھے۔ پچھلا سال کہاں گیا۔" ننھے کے چہرے پر مسکراہٹ آگئی۔ وہ بہت دیر تک مسکراتا رہا۔ آپ ہی آپ۔ میں نے دیکھا، اس کی پلکوں پہ نیند جھکی ہوئی ہے اور وہ کہیں بہت دور دیکھ رہا ہے۔

تھوڑی دیر کے بعد وہ مجھے سمجھاتے ہوئے بولا "دیکھو وہ جامن کا پیڑ ہے نا جو ناریل کے درخت کے پاس ہے۔"

"ہاں"، "وہ کنویں والا ناریل نہیں۔ آم کے پیڑ کے پاس جو ناریل کا درخت ہے۔"

"ہاں"، بس اس جامن کے درخت کے اوپر چڑھتے جاؤ۔"

"ہاں"، اوپر ہی اوپر اور اوپر۔"

"ہاں۔"، "اور اوپر جہاں آسمان کی چھت ہے نا، وہاں تک جامن کا پیڑ جاتا ہے۔"

"اچھا۔"، "ہاں، اس کے اوپر پچھلا سال رہتا ہے۔"

"ارے واہ۔ یہ نئی بات سنائی تم نے۔ تم کیا جامن کے پیڑ پر چڑھے تھے؟"

بچے نے بڑی اداسی سے کہا "نہیں، پیڑ بہت اونچا ہے۔ میں چڑھ نہیں سکا۔ مگر جانتا ہوں، وہ وہیں ہو گا۔ اونچا اونچا اور اونچا۔ سب سے اونچی جگہ پر۔"

پھر بچے کی پلکیں جھک گئیں اور میری گود میں سو گیا۔ اور میں اپنے سوئے ہوئے بچے کو اپنی گود میں لیے لیے سو گیا۔

تھوڑی دیر کے بعد مجھے کسی نے کندھے سے ہلا کر جگایا۔ میں نے آنکھیں کھول کر دیکھا۔ ایک آدمی خوشنما لباس پہنے سر پر ہیروں کا تاج رکھے میری طرف مسکرا رہا تھا۔

میں نے پوچھا "تم کون ہو؟"

وہ بولا "یاد کرو، اتنی جلدی بھول گئے؟"

میں نے کہا "میں نے تم کو کبھی نہیں دیکھا بھائی۔"

وہ بولا "میں تمہارا چوتھا سال ہوں۔"

میں جلدی سے گھبرا کر اٹھ بیٹھا۔ اس نے میرا ہاتھ پکڑ لیا۔ اس کے ہاتھ پکڑتے ہی مجھے ایسا محسوس ہوا جیسے میرے چاروں طرف گہرا جنگل ہے چیل اور دیودار کے درخت ہوا کے جھونکوں سے سائیں سائیں کر رہے ہیں اور میں ایک سبز پیلے رنگ والی تیتری کا پیچھا کرتے ہوئے اپنے چھوٹے ہاتھ پاؤں ہلاتا تیزی سے

ایک طرف بھاگ رہا ہوں۔ موڑ پر سے گزر کر اس کی طرف بھاگا۔ اب تیتری میرے بالکل قریب تھی۔ میں نے ہاتھ پھیلا کر جھٹکا مارا۔ مگر تیتری آگے اترتی چلی گئی اور ایک جھاڑی کے نیلے نیلے پھولوں پر دولنے لگی۔ پھر وہ اس کے پتوں میں چھپ گئی اس کے پروں کا سبز رنگ پتوں سے مل گیا۔ مگر اس کی پیلی دھاریاں مجھ سے کیسے چھپتیں؟ میں نے آہستہ سے ہولے ہولے گھٹنوں کے بل چل کے عین اس وقت جب تیتری ایک نیلے پھول کو سونگھ رہی تھی، اپنا رومال اس پر رکھ دیا اور پھر اسے قید کر کے اپنی مٹھی کے خول میں رکھ لیا۔

تیتری کے پر ڈر کے مارے کانپنے لگے اور میں نے دیکھا کہ جنگل کے سارے درخت ایک دوسرے کے قریب ہوتے جا رہے ہیں تنے سے تنے ملتے جا رہے ہیں اور تنوں کے پیچھے خوفناک آنکھیں سبز اور سیاہ اور سرخ رنگ کی آنکھیں چمک رہی ہیں اور میں ڈر کے مارے کانپ گیا۔ میں نے ادھر ادھر دیکھا اور اپنے چاروں طرف سیاہ جنگل کو پایا۔ اب مجھے معلوم ہوا کہ تیتری کے پیچھے بھاگتے ہوئے چلا تو میں اپنے باغ سے تھا لیکن بھاگتے بھاگتے جنگل میں آگیا۔ میں چلا کر کہا "ماں !ماں۔"

جنگل کے درختوں نے ہنس کر کہا "ہاہاہا۔"

"ماں ماں ماں۔" میں اور بھی زور سے چلایا۔

"ہاہاہا۔ جنگل کے درخت اور بھی زور سے ہنسے۔"

"جاؤ تم کتنے بھی زور سے ہنسو۔" میں نے غصہ میں درختوں سے کہا "ہم خود اپنا راستہ ڈھونڈ لیں گے۔"

لیکن درخت بالکل ایک دوسرے کے قریب آگئے۔ تنے سے تنے لگ گئے۔

جھکی ہوئی ڈالیاں چھڑیاں بن گئیں اور راستہ تنگ سے اور تنگ اور چھوٹے سے اور چھوٹا ہوتا گیا۔ آخر کار ایک جگہ بنفشہ کے پھولوں کی ایک بہت بڑی باڑ نظر آئی۔ یہاں آکر راستہ بالکل بند ہو گیا۔

میں نے ادھر ادھر دیکھا۔ زمین سے آسمان تک بنفشہ کے پھولوں کی دیوار تھی۔

"ماں ماں۔" پھول زور سے کھل کھلا کے ہنسنے لگے۔

اتنے میں ایک بڑی خوبصورت پری آئی۔ اس کا لباس ایسا تھا جیسے بنفشہ کے پھولوں سے تیار کیا گیا ہو۔ اس کے دائیں ہاتھ میں نیلے پھولوں کی ایک چھڑی تھی جس کے سرے پر بنفشہ کا ایک پھول تھا جو بالکل لال رنگ کے یاقوت کی طرح چمکتا تھا۔ اس نے میرے کندھے پر ہاتھ رکھ دیا اور بولی۔ "بچے تم کیوں رو رہے ہو؟"

میں نے کہا "میں ماں کے پاس جانا چاہتا ہوں۔"

پری بولی "تمہاری ماں کہاں ہے؟"

"وہ جنگل کے اس پار ہے۔"

وہ بولی "تو چلے چلو تمہیں کون روکتا ہے؟"

میں نے کہا "ادھر دیوار ہے۔ ادھر درخت۔ راستہ نہیں دیتے۔ جاؤں کیسے؟"

اس نے میرے ہاتھ میں تیتری دیکھ لیا۔ بولی "یہ کیا ہے؟"

میں نے کہا "اوہو، اسے مت چھوؤ۔ یہ میری تیتری ہے۔"

"تم اسے لے کر کیا کرو گے؟"

میں نے کہا "میں اس کے پر اتار کر اپنا تصویروں والی کتاب میں رکھوں گا۔" وہ

بولی "پر اتارو گے تو یہ مر جائے گی۔"

"مر جائے۔" وہ بولی "تو پھر اس کی ماں روئے گی۔"

"میں اس کی ماں روئے گی۔"

"ہاں۔" میں پوچھا "اس کی ماں کون ہے؟"

پری تھوڑی دیر چپ رہنے کے بعد بولی "میں اس کی ماں ہوں۔"

میں دیر تک چپ رہا۔ تیتری کے پر بڑے خوبصورت تھے۔ میں نے اسے بڑی مشکل سے پکڑا تھا۔ لیکن پری کی نیلی آنکھوں میں آنسو تھے۔ ایسے آنسو جیسے کبھی کبھی میری ماں کی آنکھوں میں ہوتے تھے۔ میں نے چپکے سے تیتر پری کی گود میں ڈال دی اپنا سر جھکا دیا۔

پری مسکرانے لگی اور پھر میں نے دیکھا۔ وہ تیتری ایک چھوٹی سی پری بن گئی جس کا لباس سبز رنگ کا تھا۔ گال پیلے پیلے تھے۔ وہ میرا ہاتھ پکڑ کر کہنے لگی "تم مجھے بڑے اچھے لگتے ہو۔ میں تو تم سے کھیلنا چاہتی تھی لیکن تم تو مجھے جان سے مار رہے تھے۔"

میں نے کہا۔ "اب تمہیں کچھ نہیں کہوں گا۔ تم میرے باغ میں آ کے مجھ سے کھیلا کرنا۔ مجھے معلوم نہیں تھا تم پری ہو۔"

پری کی ماں نے کہا "بیٹا سب تیتریاں پریاں ہی ہوتی ہیں جو بچوں سے کھیلنے کے لئے گاؤں اور باغوں میں جاتی ہیں۔"

"اچھا۔" "ہاں آؤ، اب تمہیں گھر کا راستہ بتاؤں۔ نہیں تو تمہاری ماں روتے روتے مر جائے گی۔"

پھر پری نے پھولوں کی چھڑی سے اشارہ کیا اور درخت راستہ دینے لگے اور تنے سے تنے لاالگ ہوتے گئے اور ڈالیوں کی چھڑیاں اونچا ہوتی گئیں اور آسمان نظر آگیا۔ اور پھر جنگل کا کنارہ بھی آگیا اور میں نے دیکھا کہ میری ماں اور میرا باپ دو ملازم ساتھ لیے مجھے ڈھونڈ رہے ہیں اور ماں بار بار پلو سے اپنے آنسو پونچھتی جاتی ہے۔

میں نے چلا کر کہا "ماں میں یہاں ہوں۔ یہ دیکھو میرے ساتھ ایک پری بھی ہے۔"

میں نے مڑ کر دیکھا۔ دونوں پریاں غائب تھیں۔ وہاں دور جنگل کی طرف ایک بنفشی رنگ کی تیتری کے ساتھ ایک سبز اور نیلے رنگ کی تیتری بھاگی جارہی تھی۔

یکایک خوشنما لباس اور ہیروں کا تاج پہنے ہوئے آدمی نے میرا ہاتھ چھوڑ دیا اور میری نظروں سے دور جنگل میں غائب ہو گیا۔ اس آدمی کے چہرے پر ایک جگمگ جگمگ کرتی مسکراہٹ آئی اور اس نے مجھ سے پوچھا۔ "یاد رہے۔"

میں نے مسکرا کر کہا۔ "ہاں یاد ہے تم میرا چوتھا سال ہو۔ مگر تم کہاں چلے گئے تھے!"

وہ مجھ سے اور دور ہو گیا۔ بولا "سات سمندر پار ایک جزیرہ ہے اسے یادوں کا جزیرہ کہتے ہیں۔ میں وہاں رہتا ہوں۔ طوفانی لہروں پر بچے کبھی کبھی کاغذ کے ناؤ کھیتے ہوئے آجاتے ہیں تو بڑی چہل پہل ہوتی ہے۔ ورنہ وہاں ہر وقت نیند چھائی رہتی ہے۔"

میں نے کہا" مگر میرا بچہ تو کہتا ہے کہ تم جامن کے پیڑ کے اوپر رہتے ہو۔"

وہ بولا" کبھی جامن کے پیڑ کے اوپر اور کبھی املی کے درخت کے نیچے۔ کبھی کھیت کے کنارے، کبھی کسی گلی کے نکڑ پر۔ جہاں جہاں بچے ہمیں بلاتے ہیں پہنچ جاتے ہیں۔ کیونکہ وہ بچے ہیں، بڑے نہیں ہیں۔ بڑوں کے لئے تو پرانا سال مر جاتا ہے اور نیا سال جنم لیتا ہے۔ لیکن بچے ہمیں ہمیشہ زندہ رکھتے ہیں۔ آدمی مر جاتے ہیں لیکن سال ہمیشہ زندہ رہتے ہیں۔"

وہ اتنی بات کہتے کہتے مجھ سے دور ہو گیا۔ برآمدے کی سیڑھیاں اتر کے باغ میں چلا گیا اور اپنے چاروں طرف دھیمی دھیمی مدھم مدھم جگنوؤں کی روشنی پھیلاتا گیا۔

میں نے چلا کے اس سے کہا" سنو، ایک بات بتاؤ۔ وہ سبز اور پیلے رنگوں والی پری اب کہاں ہے؟"

وہ ہنسا اور جامن کے درخت کے اوپر چڑھتا گیا۔ ہنستا گیا اور چڑھتا گیا۔ اونچا اور اونچا۔ جامن کا پیڑ آسمان سے جا لگا اور آسمان کی چھت میں غائب ہو گیا۔

یکایک میری آنکھ کھل گئی۔ میں دیکھا، میں آرام کرسی پر ہوں اور میرا بچہ خواب میں کسی کو دیکھ کر مسکرا رہا ہے۔

***

بالائی والا فقیر

علی عباس حسینی

اللہ رکھے ہمارا لکھنؤ بھی عجیب شہر ہے۔ بھانت بھانت کے لوگ انوکھی باتیں یہاں کے ہر باشندے کی الگ ریت ہے۔ امیروں رئیسوں کو تو جانے دیجئے روپے کی گرمی ہر جگہ ہر دل و دماغ میں نیا ابال پیدا کرتی ہے۔ اس لئے دولت والوں کو تو چھوڑیئے یہاں کے غریبوں بلکہ بھکاریوں کے بھی نئے نئے انداز ہوتے ہیں۔ جھونپڑیوں میں رہنے والے اگر محلوں کے خواب دیکھیں تو کوئی تعجب کی بات نہیں، مگر اس شہر کے فٹ پاتھ پر پڑے رہنے والے فقیر بھی شیر مال اور پلاؤ سے کم درجے کی چیز کھانے کے لائق نہیں سمجھتے۔ جھوٹ نہیں کہتا، ایک سچی کہانی سنو! ایسی جو کان کی سنی نہیں آنکھ کی دیکھی ہے۔

لکھنؤ سٹی اسٹیشن اور جوبلی کالج کے درمیان جو ریل کا پل ہے وہ نہ جانے کب سے بھکاریوں کا اڈہ چلا آتا تھا۔ کئی لنگڑے، لولے، اندھے بھکاری اور بھکارنیں، گودڑوں میں لپٹے مٹی اور گندگی میں اٹے ہوئے اس پل کے نیچے بیٹھے اور لیٹے رہتے ہیں۔ ان میں کئی کوڑھی بھی ہوتے ہیں اور چاہے کوئی پیسہ دے یا نہ دے، یہ ہر آنے جانے والے کو اپنا مرض بانٹتے رہیں ہیں۔ انگریزی راج کے زمانے میں اس پل

کے نیچے کی آبادی اسی قسم کی تھی۔ آج ہمارے راج میں بھی وہاں کا یہی حال ہے۔ گوروں کی حکومت میں وہ انسان نہ تھے، ہندوستانی تھے۔ اپنوں کے دور دورہ میں وہ نہ انسان ہیں نہ ہندوستانی۔

لو میں تو کہانی کہتے کہتے تمہیں سبق دینے لگا۔ اپنی حکومت کی کمیوں اور برائیاں بیان کرنے لگا مگر کیا کروں، سچی بات منہ سے نکل ہی پڑتی ہے اور پھر تمہیں دھیان کیوں نہ دلاؤں؟ تم ہی تو بڑے ہو کر ایک دن ملک کی حکومت کی باگ سنبھالو گے!

ہاں، تو خیر سنو۔ اسی ریل کے پل نیچے ایک فقیر رہتا تھا۔ وہ ٹاٹ پر بیٹھا گدڑی سے ٹانگیں چھپائے رکھتا تھا اس کی ٹانگیں ہیں یا نہیں، کم سے کم طالب علموں میں سے کسی نے اسے کھڑا یا چلتے پھرتے نہیں دیکھا تھا جب دیکھا بیٹھے ہی دیکھا مگر کمر کے اوپر کا دھڑ خاصا تھا۔ بڑی ی توند تھی۔ سینہ پر موٹے موٹے ڈھیروں بال تھے گول چہرے پر بڑی سی گول کھچڑی داڑھی تھی، چپٹی موٹی ناک اور آنکھوں کے دھندلے دیدوں کے کونوں میں کیچڑ بھری ہوئی سر کے بال بڑے بڑے الجھے ہوئے، مٹی میں اٹے ہوئے۔ صبح سے شام تک بس ایک رٹ لگاتا تھا۔ "ایک پیسہ بابا! ایک پیسہ"

آواز میں گرج سی تھی بالکل جیسی کہ بڑے طبل پر ہاتھ سے چوٹ دینے سے نکلتی ہے مگر اس فقیر کا کمال یہ تھا کہ وہ اس موٹی بھدی، گرج دار آواز کو بالکل روہانسی بنالیتا تھا۔ ایسا معلوم ہوتا تھا کہ وہ جو ایک پیسہ مانگتا ہے، تو اس کا یہ سوال نہ پورا کیا گیا تو وہ مر ہی جائے گا۔ بس اس ایک پیسہ کے نہ ہونے سے اس کا دم ہی نکلنے

والا ہے وہ بھوک سے پھڑک کر جان دینے ہی والا ہے اور ہم ایک پیسہ دے کر اسے زندہ کر لیں گے نہیں تو اس کے مرنے کا گناہ اور پاپ اپنے سر ڈھوئیں گے۔

اس لئے ادھر سے کوئی آنے جانے والا ایسا نہ تھا جو اسے ایک پیسہ دینے پر مجبور نہ ہو۔ کالج میں پڑھنے والے لڑکے، ان کو پڑھانے والے ماسٹر، جن کا بھی پل کے نیچے سے راستہ تھا اس کے لئے گھر سے چلتے وقت پیسہ دو پیسہ جیب میں ڈال کر نکلتے تھے۔ یکے ٹانگے رکشہ والے بھی کسی نہ کسی پھیرے میں اس فقیر کو پیسہ دو پیسہ بھینٹ ضرور چڑھاتے تھے اور اس کا حال یہ تھا کہ آپ پیسہ دیجئے یا نہ دیجئے اس کی یہ رٹ "ایک پیسہ بابا"، "ایک پیسہ بابا" برابر جاری رہتی تھی۔ اس طرح جیسے کہ اس کی سانس اسی آواز کے ساتھ ساتھ آتی جاتی ہے اس طرح کہ دم توڑتا مریض ہر سانس میں کراہتا ہے۔

بہت سے لڑکے، بلکہ ماسٹر تک اسے پہونچا ہوا سمجھتے تھے بڑا ہی اللہ والا، لوگ کہتے وہ دنیا کو چھوڑ چکا ہے اسی کسی چیز کی کوئی ضرورت نہیں۔ وہ تو بھیک اس لئے مانگتا ہے کہ اس طرح وہ اپنے کو دوسروں کی نظروں میں گراتا ہے۔ اس طرح اپنے کو گرانے سے اس کی روح اور بھی پاک صاف ہوتی ہے ان ہی میں سے حمید بھی تھا۔ وہ بڑا سیدھا سادہ لڑکا تھا۔ جوبلی کی دسویں درجہ میں پڑھتا تھا اور اس کا راستہ اس پل کے نیچے سے تھا۔ وہ برابر ماں سے ضد کر کے فقیر بابا کے لئے پیسہ ہی نہیں طرح طرح کی چیزیں لاتا تھا۔ کبھی مٹھائی، کبھی پھل، کبھی شیرمالیں، کبھی مٹی کی پلیٹ میں پلاؤ، کبھی زردہ آہستہ آہستہ یہ بات درجہ میں پھوٹ نکلی۔ سبھوں نے مسکوٹ کی۔ یہ فقیر حمید کو خوب بے وقوف بنا رہا ہے۔ کچھ علاج ہونا چاہئے۔ طے ہوا کہ

اسکول کے آس پاس رہنے والے طلباء ہر وقت اس پر نگاہ رکھیں۔ کب سوتا ہے، کب جاگتا ہے، کب ہاتھ منہ دھوتا ہے۔ کب کھاتا پیتا ہے۔ جتنے پیسے روز کماتا ہے انہیں کیا کرتا ہے۔ اب کیا تھا دو ہی چار دن میں رپورٹیں آنے لگیں، پھر کمیٹی، جلسے میں طے ہوا اس رنگے سیار کا بھانڈا پھوڑنا ہمارا فرض ہے۔

دوسرے ہی دن حمید سے کہا گیا تمہارا فقیر بابا جھوٹا، مکار بنا ہوا ہے وہ بہت خفا ہوا لڑنے جھگڑنے لگا۔ کہا گیا "اچھا! آج اسکول کے میچ بعد گھر نہ جاؤ، ہمارے ساتھ تماشا دیکھو، آٹھ دس لڑکے ایک ساتھ اس شام کو ریل کے پل کے پاس منڈراتے رہے۔ مغرب کی اذان کے ساتھ فقیر کی رٹ میں کمی ہوئی۔ بس جب کوئی بھولا بھٹکا پل کے نیچے سے گزرتا تو وہ اپنی ہانک لگا دیتا۔ جیسے جیسے اندھیرا بڑھا، آواز لگانے کا فاصلہ بھی بڑھتا رہا۔ کوئی ساڑھے سات بجے تھے کہ بالائی والا آواز دیتا ہوا پل کے نیچے پہنچا۔ اس نے چار بڑی بڑی شیر مالیں اور پاؤ بھر بالا فقیر بابا کو دی اور اس سے اس کے دام ہی نہیں لئے بلکہ دن کے جمع کئے ہوئے سارے پیسے نوٹوں میں بدل دیئے۔ جب وہ پل سے نکلا تو لڑکوں نے گھیرا۔"

کہا یہ روز اتنی ہی مالیں اور بالائی لیتا ہے حمید نے پوچھا اس نے جواب دیا "میں یہ کچھ نہیں جانتا میاں، صبح دو شیر مالیں اور پاؤ بھر بالائی"

حمید غصہ میں بھرا ہوا فقیر کے پاس پہونچا۔ اس نے پوچھا شرم نہیں آتی تمہیں بابا؟ بھیک مانگتے ہو اور شیر مالیں اور بالائی اڑاتے ہو؟

فقیر نے جھڑک کر کہا جاؤ جاؤ، میرے دھندے پر منہ نہ آؤ، پاؤ سوا پاؤ بالائی روزانہ نہ کھاؤں تو یہ دن بھر "ایک پیسہ !ایک پیسہ!" کی ضربیں کیسے لگاؤں؟

حمید اس وقت تو پاؤں پٹکتا گھر چلا گیا مگر اس دن سے اس نے اپنے ساتھیوں کا جتھا بنا کر ہر ایک آنے جانے والے سے کہنا شروع کر دیا۔

"اس فقیر کو کچھ نہ دینا، یہ دوسرے بھکاریوں کا پیٹ کاٹتا ہے اور روز سوا پاؤ بالائی کھاتا ہے!"

ادھر چھوٹے بچوں نے نعرہ لگانا شروع کر دیا "بالائی کھانے والا فقیر! توند والا فقیر!" لطف یہ کہ جتنا ہی فقیر بابا چڑھتا، خفا ہوتا اتنا ہی لڑکوں کو نعرہ لگانے میں مزہ آتا اور اتنا ہی اس کے بھکاری ساتھی کھی کھی کر کے ہنستے۔ خیرات کے نالے کا منہ اب ان کی طرف مڑ گیا تھا جو بادل صرف فقیر بابا کی گود میں برسا کرتے تھے وہ اب دوسروں کی جھولیوں میں جل تھل بنانے لگے تھے۔

چند ہی دنوں میں فقیر بابا کا دھندہ ٹھنڈا پڑنے لگا۔ اس نے ریل کا پل چھوڑ کر شاہ مینا کے مزار کے پاس جا کر فٹ پاتھ پر بسیرا کر لیا مگر وہاں درخت کی شاخوں کے سوا دھوپ، اوس یا پانی سے بچانے والی کوئی جھونپڑی نہ تھی۔ ایک رات دسمبر کی سردیوں میں بوندا باندھی کے ساتھ جب اولے بھی پڑے تو فقیر بابا کو کہیں پناہ نہ ملی۔ درخت کی شاخیں اسے ٹھنڈی گولیوں کی بوچھار سے نہ بچا سکیں۔ صبح کو وہ اپنی گدڑی میں لپٹا ہوا پایا گیا۔

پولس نے جب اس کے چیتھڑوں کی تلاشی لی تو ان میں آٹھ سو کے بڑے نوٹ اور پچاس روپوں کے چھوٹے نوٹ اور پیسے سے بندھے ملے۔ کون کہے کہ اگر ان روپوں سے کوئی جھونپڑی بنا کر وہ اس میں رہتا تو اس کی جان بچ جاتی۔

جس نے بھی اس کے موت کی ساتھ ساتھ اس کے پاس سے ملنے والی رقم کی

بات سنی، اس کی حالت پر افسوس کیا۔

مگر حمید بار بار یہی سوچتا رہا" آخر حکومت ہر شہر میں ایسے گھر کیوں نہیں بنا سکتی جس میں سارے بھکاری رکھے جا سکیں اور جتنا ان کے دھوکوں اور ان کی بیماریوں سے محفوظ رہے؟"

تمہیں جو اس ملک کے ہونے والے حاکم ہو

اس سوال کا جواب دینا ہے۔

***

نیلم پری

اشرف صبوحی

ایک تھا درزی، اس کے تھے تین لڑکے۔ درزی بہت ہی غریب تھا۔ درزی کے پاس صرف ایک ہی بکری تھی۔ تینوں لڑکے اسی بکری کا دودھ پیتے اور کسی طرح گزر کرتے، ایک ایک دن ہر لڑکا بکری کو جنگل میں چرانے لے جاتا۔ جب لڑکے کچھ بڑے ہو گئے تو بکری کا دودھ ان کے لئے کم پڑنے لگا۔ مجبورا بڑا لڑکا گھر چھوڑ کر باہر کمانے نکلا، چلتے چلتے راستے میں ایک سوداگر ملا۔ سوداگر نے لڑکے سے پوچھا کہاں جا رہے ہو؟ لڑکے نے سارا حال سنا دیا۔ سوداگر کو اس پر ترس آیا اور اپنے پاس نوکر رکھ لیا۔ سوداگر نے خریدنے اور بیچنے کا کام اس کو سکھایا۔ لڑکا اپنا کام بڑی ایمانداری اور محنت سے کرتا۔ سوداگر کے کام کو بہت آگے بڑھا دیا۔ سوداگر بہت امیر ہو گیا۔ سوداگر لڑکے کے کام سے بہت ہی خوش ہوا۔ جب کام کرتے کرتے کئی برس گزر گئے تو لڑکے نے گھر جانے کی چھٹی مانگی۔ سوداگر نے خوشی سے چھٹی دی اور کہا "میں تمہارے کام سے بہت خوش ہوں۔ تمہاری ایمانداری کے بدلے میں تم کو یہ عجیب و غریب گدھا دیتا ہوں۔ یہ گدھا اپنے ساتھ لے جاؤ۔ جب تم اس کے منہ میں تھیلی باندھ کر کہو گے کہ "اگل" تو یہ فورا سونا اگلے گا اور پوری

تھیلی بھر دے گا۔ خواہ تھیلی کتنی ہی بڑی کیوں نہ ہو۔" لڑکا خوش خوش گھر روانہ ہو گیا۔

چلتے چلتے رات ہو گئی۔ لڑکا ایک سرائے میں ٹھہر گیا۔ بھٹیارے سے لڑکے نے کہا" خوب عمدہ عمدہ کھانا لاؤ۔" بھٹیارا اچھے اچھے کھانے پکوا کر لایا۔ لڑکے نے سونے کے ٹکڑے بھٹیارے کو دیئے۔ بھٹیارا بڑا خوش ہوا اور سوچنے لگا یہ سونے کے ٹکڑے لڑکے کے پاس کہاں سے آئے۔ ہو نہ ہو کوئی خوبی اس گدھے میں ضرور ہے۔ یہ سوچ کر بھٹیارا جاگتا رہا۔ جب لڑکا سو گیا تو بھٹیارا گدھا چرا کر لے گیا اور دوسرا گدھا اس کی جگہ باندھ دیا۔ لڑکا اندھیرے منہ اٹھا اور گدھے لے کر روانہ ہو گیا۔ اس کو اپنے اصلی گدھے کی چوری کا کچھ حاصل نہ معلوم ہوا۔ گھر پہنچا تو اس کو دیکھ کر باپ بھائی سب جمع ہو گئے اور خوشی خوشی باتیں کرنے لگے۔

باپ:۔ کہو بیٹا پردیس میں کیا کیا سیکھا۔

لڑکا:۔ سوداگری۔

باپ:۔ ہمارے لئے کیا لائے ہو۔

لڑکا:۔ یہ گدھا۔

باپ:۔ توبہ کرو۔ گدھا لانے کی کیا ضرورت تھی۔ یہاں سیکڑوں گدھے مارے مارے پھرتے ہیں۔

بیٹا:۔ نہیں ابا۔ یہ معمولی گدھا نہیں ہے۔ اس میں ایک خاص بات ہے۔

باپ:۔ وہ کیا خاص بات ہے۔

بیٹا:۔ اس میں خاص خوبی یہ ہے کہ اس کے منہ میں تھیلی باندھ دیں اور کہیں

کہ "اگل" تو یہ فوراً سونا اگلنے لگتا ہے اور تھیلی کو بھر دیتا ہے، خواہ تھیلی کتنی ہی بڑی کیوں نہ ہو۔

بوڑھا درزی بیٹے کی بات کو تعجب سے سنتا رہا اور شک کی نظروں سے دیکھتا رہا۔ آخر لڑکے نے باپ کے شک کو دور کرنے کے لئے کہا آپ اپنے دوستوں کو بلائیے۔ میں ابھی سب کو دولت سے مالا مال کئے دیتا ہوں، درزی نے اپنے خاص خاص دوستوں کو لا کر جمع کیا اور دولت حاصل کرنے کی خوشخبری سنائی۔ سب لوگ آ گئے تو لڑکا گدھے لے کر آیا اس کے منہ میں تھیلی باندھی اور کہا کہ "اگل" لیکن گدھا جوں کا توں کھڑا رہا۔ لڑکے نے کئی مرتبہ چلا چلا کر کہا "اگل، اگل" لیکن نتیجہ کچھ نہ نکلا۔ تھیلی جیسی خالی تھی ویسی ہی رہی اور گدھا چپ چاپ کھڑا رہا۔ اب لڑکا سمجھا کہ بھٹیارے نے گدھا چرا لیا۔ درزی اپنے دوستوں کے سامنے بڑا شرمندہ ہوا۔ لڑکے پر خفا ہونے لگا تو مجھے سب کے سامنے ذلیل کیا۔

لڑکے نے سارا قصہ اپنے منجھلے بھائی کو سنایا۔ اب دوسرا بھائی سفر پر روانہ ہوا۔ کئی دن تک برابر چلتا رہا۔ رات کو پیڑ کے نیچے سو رہتا۔ آخر ایک دن اس کو ایک بڑھیا ملی، بڑھیا جنگل کے کنارے ایک چھوٹی سی جھونپڑی میں رہتی تھی۔ لڑکا بڑھیا کے ساتھ رہنے لگا، بڑھیا جو کام بتلاتی اس کو بڑی محنت سے کرتا۔ بڑھیا اس کے کام سے بڑی خوش تھی۔ ایک دن لڑکے نے گھر جانے کو کہا، بڑھیا نے دعاؤں کے ساتھ رخصت کیا اور کہا کہ "دیکھو بیٹا میرے پاس ایک "سینی" ہے۔ جب کہو گے "بھر جا" تو یہ بہترین کھانوں سے بھر جائے گی اور جتنے آدمی بیٹھے ہوں گے پیٹ بھر کر کھا لیں گے۔ تم یہ سینی لیتے جاؤ۔" لڑکا سینی پا کر بہت خوش ہوا اور گھر کی طرف

چلا۔ راستے میں اس کو وہی سرائے ملی جہاں بڑے بھائی کا گدھا چوری ہو گیا تھا۔ رات بسر کرنے کے لئے رک گیا۔ بھٹیارے نے کھانے کے لئے پوچھا۔ لڑکے نے کہا "میں تم کو کھلاؤں گا" بھٹیارے نے کہا "تمہارے پاس تو کچھ ہے نہیں تم کہاں سے کھلاؤ گے؟" لڑکے نے کہا "ٹھہرو" سینی سامنے نکال کر رکھ دی اور کہا "بھر جا" یہ کہتے ہی سینی اچھے اچھے کھانوں سے بھر گئی۔ بھٹیارا اس نرالی سینی کو لالچ بھری نظروں سے تکنے لگا اور اس کے چرانے کی ترکیبیں سوچنے لگا۔ لڑکا کافی تھک چکا تھا۔ کھانا کھاتے ہی سو گیا۔ بھٹیارا تاک میں تو لگا ہی ہوا تھا جب لڑکا سو گیا تو چپکے سے آیا اور سینی اٹھا کر لے گیا اور اس کی جگہ پر دوسری ویسی ہی سینی رکھ دی۔ لڑکا صبح سویرے اٹھا اور سینی لے کر گھر کی طرف روانہ ہو گیا۔ گھر پہنچا تو باپ اور بھائی سب اس کو دیکھ کر خوش ہو گئے اور باتیں کرنے لگے۔ لڑکے نے اپنے سفر کا سارا حال بیان اور مزے لے لے کر سینی کی خوبی بیان کی، درزی کو سینی کی اس خوبی کا یقین نہ آیا۔ لڑکے نے کہا۔ "امتحان لے لیجئے۔ آپ لوگوں کو بلوائیے۔ دیکھئے میں ابھی سب کے لئے اچھے اچھے کھانے چنوائے دیتا ہوں۔" لڑکے نے جب بہت ہی اصرار سے سینی کی خوبی بیان کی تو باپ نے اپنے چند دوستوں کی دعوت کی۔ سب لوگ گول دائرہ بنا کر بیٹھے اور بیچ میں سینی رکھی گئی۔ لڑکے نے کہا "بھر جا" لیکن سینی خالی کی خالی ہی رہی۔ اس نے پھر کہا "بھر جا" لیکن پھر بھی کچھ نہ ہوا۔ تین چار مرتبہ چلا چلا کر کہا "بھر جا، بھر جا، بھر جا" لیکن سینی ویسی ہی خالی کی خالی پڑی رہی۔ سب لوگ لڑکے کا منہ تکنے لگے اور اسے جھوٹا بتانے لگے۔ لڑکا بہت شرمندہ ہوا اور باپ تو مارے شرم کے پانی پانی ہو گیا۔ لڑکے کو ایک تو سب کے سامنے شرمندگی کا افسوس

تھا اور دوسرے اصلی سینی کے گم ہو جانے کا۔ اس نے اپنے چھوٹے بھائی کو بلایا اور سارا قصہ بتلایا۔ یہ چھوٹا بھائی سمجھ گیا کہ یقیناً بھٹیارے ہی کی شرارت ہے اور اسی نے گدھا اور سینی دونوں چیزیں چرائی ہیں۔

چھوٹا بھائی بہادر بھی تھا اور عقلمند بھی۔ ہمت باندھ کر روانہ ہوا کہ یہ دونوں چیزیں ضرور واپس لاؤں گا۔ کئی دن چلنے کے بعد اس کا گزر ایک میدان سے ہوا۔ یہ میدان پریوں کا تھا۔ رنگ برنگ کے پھول چاروں طرف کھلے ہوئے تھے۔ ہری ہری گھاس سبز مخمل کی طرح پھیلی ہوئی تھی۔ بیچ بیچ میں پانی کی سفید لہریں بہہ رہی تھیں۔ ہوا خوشبو میں بسی ہوئی تھی۔ لڑکا دم لینے کے لئے (ستانے کے لئے) ٹھہر گیا۔ ہوا کی مست خوشبو نے آنکھوں میں نیند بھر دی اور وہ جلد ہی ایک گلاب کے پودے کے پاس پڑھ کر سو رہا۔ لڑکا ابھی سویا ہی تھا کہ نیلم پری جو اس گلاب پر رہتی تھی اتری اور لڑکے کو ہوا میں لے کر اڑ گئی۔ دوسرے دن لڑکے نے اپنے باپ کو ایک بہت ہی گھنے جنگل کے بیچ پایا۔ وہ کہاں ہے، یہاں کیسے آیا؟ ابھی ان باتوں کو سوچ ہی رہا تھا کہ سارا جنگل طرح طرح کی آوازوں سے گونجنے لگا۔ اس کے بعد یک بیک لال رنگ کی روشنی سارے جنگل میں پھیل گئی۔ لڑکا بڑا پریشان ہوا۔ بار بار سوچتا، کچھ سمجھ میں نہ آتا۔ اتنے میں بڑے زور کی آواز اس کے کانوں میں آئی اور سارا جنگل نیلے رنگ میں رنگ گیا۔ اس آواز کو سن کر لڑکا کانپ گیا اور گھبرا کر ایک طرف بھاگا۔ اس کے بھاگنے پر جنگل کی سب پریاں ہنس پڑیں۔ بات یہ تھی کہ پریاں لڑکے سے کھیل رہی تھیں۔ جب پریوں نے اپنا کھیل ختم کر لیا تو نیلم پری چھم چھم کرتی ہوئی لڑکے کے پاس آئی اور بولی "تم ہمارے میدان میں کیوں

آئے؟"

لڑکا:۔ مجھے نہیں معلوم تھا کہ میدان آپ کا ہے۔ یہاں آنا منع ہے۔ اب کبھی نہیں آؤں گا۔

نیلم پری:۔ (ہنستے ہوئے) کیا میدان پسند نہیں۔

لڑکا:۔ جی۔ میدان تو پسند ہے لیکن جنگل۔۔۔

نیلم پڑی:۔ کیاڈر لگتا ہے۔

لڑکا:۔ جی ہاں۔

نیلم پری:۔ اچھا۔ اپنی آنکھیں بند کرو۔ ادھر لڑکے نے آنکھیں بند کیں۔ ادھر پری نہ ہوا میں اپنا آنچل ہلایا اور سارا جنگل پھر اسی ہرے بھرے میدان میں بدل گیا۔ لڑکے نے آنکھیں کھول دیں۔ میدان دیکھ کر جان میں جان آئی۔ لڑکے کو جب ذرا اطمینان ہوا تو نیلم پری نے پوچھا "تم کیسے آئے؟" لڑکے نے دونوں بھائیوں کا سارا قصہ سنا دیا۔ وہ سینی اور گدھا واپس لینے جارہا ہے۔ پری نے تالی بجائی اور فوراً ایک دیو حاضر ہوئے۔ پری نے حکم دیا کہ "جاؤ سرائے والے بھٹیارے سے سینی اور گدھا چھین لاؤ۔" دیو آناً فاناً سرائے میں پہنچے اور چند منٹ میں سینی اور گدھا لا کر حاضر کر دیا۔ پڑی نے لڑکے کو ایک ڈنڈا دیا اور کہا "جو شخص تمہارا دشمن ہو اس کی طرف اس ڈنڈے کو پھینک کہنا "ناچ" پھر یہ ڈنڈا اس آدمی کی پیٹھ پر خوب ناچ دکھائے گا۔ اتنا مارے گا کہ وہ آدمی بے ہوش ہو جائے گا۔" لڑکا سینی، گدھا اور ڈنڈا لے کر گھر جانے کے لئے تیار ہو گیا۔ پری نے دیو کو حکم دیا کہ جاؤ لڑکے کو گھر تک پہنچا آؤ۔ دیو نے حکم پاتے ہی لڑکے کو تمام سامان کے ساتھ ہاتھ پر اٹھالیا اور ہوا میں

اڑتا ہوا آن کی آن میں گھر پہنچا۔

گھر کے سب لوگ جمع ہو گئے۔ چھوٹے بھائی نے سب کی خوب دعوتیں کیں اور سونے کے ٹکڑے بھی بانٹے۔ اب درزی کی شرمندگی دور ہو گئی اور سب لوگ ہنسی خوشی رہنے لگے۔

***

ٹنکو

آغا اشرف

راج محل ہوٹل شہر کا سب سے بڑا اور عالیشان ہوٹل تھا۔ اس کے ہر فرش پر بڑے قیمتی قالین بچھے تھے اور چھتوں میں خوشنما فانوس لٹکے ہوئے تھے۔ میز کرسیاں اور کھانے پینے کے برتن بھی بڑے صاف ستھرے اور اعلیٰ درجے کے تھے۔ ہر روز چار سے پانچ بجے کے درمیان وہاں شہر کے بڑے امیر لوگ چائے پینے آتے تھے۔ کیونکہ غریب لوگ تو اس ہوٹل میں جا ہی نہیں سکتے تھے۔ اس ہوٹل کے بڑے ہال میں جہاں بڑے لوگ بیٹھ کر چائے پیتے تھے غل مچانا منع تھا اور نہ بدتمیزی کی کوئی بات کرنے کی اجازت نہیں تھی۔ کیونکہ بڑے لوگ نہ تو غل مچانے کو اچھا سمجھتے تھے اور نہ کسی قسم کی بدتمیزی کو۔

اس ہوٹل میں بہت سے بیرے ملازم تھے جو الغو کے نیچے کام کرتے تھے کیونکہ وہ ان سب سے بڑا بیرا تھا۔

ایک دن جبکہ ہوٹل کے بڑے ہال میں بڑے لوگ چائے پینے کے لئے جمع تھے۔ بیرے بڑی جلدی میں ادھر ادھر آجا رہے تھے۔ مہمانوں سے آرڈر لے رہے تھے۔ چائے اور اس کے ساتھ کھانے پینے کی چیزیں میزوں پر لگا رہے تھے اور

الغو ایک طرف دیکھ رہا تھا کہ کوئی بیرا اپنا کام سستی سے تو نہیں کر رہا۔ مگر وہ سب اپنا اپنا کام ٹھیک ٹھیک کر رہے تھے۔ اچانک ایک طرف سے شور سنائی دیا اور ایک بڑی ہی بھونڈی آواز آئی:

"اے بیرا! کیا میرے لئے چائے نہیں لاؤ گے؟"

سب حیران ہو کر ادھر دیکھنے لگے کہ یہ کون ہے جو محفل کے آداب سے بھی واقف نہیں۔ جو یہ بھی نہیں جانتا، کہ تہذیب والے لوگوں میں بیٹھ کر ایسے نہیں کسی کو بلایا کرتے۔ اور پھر یہ دیکھ کر کہ وہ کون ہے، سب کے پاؤں میں ڈر سے جوتے ڈھیلے پڑ گئے۔ کانپتے ہوئے ہر کوئی اپنی اپنی کرسی میں دبک گیا۔ مرد بھی اور عورتیں بھی۔ الغو آنکھیں جھپکتے ہوئے بڑے غور سے ادھر دیکھ رہا تھا۔ کہ خدا کی زمین پر یہ کیا ہے یہ کون ہے؟ کھڑکی کے قریب میز پر ایک خوفناک کتّا بیٹھا تھا اور سفید رومال اس کی گردن سے بندھا تھا جو کوئی چیز کھاتے وقت استعمال کرتے ہیں۔ الغو غصے میں کھڑکی کی طرف بڑھا اور پوچھا:

"تم کون ہو؟"

"اوہ، آداب عرض۔ مجھے خوشی ہے کہ تم کو میرا بھی کچھ خیال آیا۔ اب میں چائے کا آرڈر دے سکوں گا۔" کتّے نے کہا۔

"میں پوچھتا ہوں تم کون ہو؟" الغو نے پھر وہی سوال کیا۔

"اوہ! بھئی عجیب سوال ہے۔ کیا تم نہیں جانتے، میں ٹنکو ہوں۔ کتّوں کی نمائش میں دوبار خوبصورتی کا انعام لے چکا ہوں۔ اس شہر کا ہر شخص مجھ کو جانتا ہے۔ تم نہیں جانتے تو تمہیں خدا سمجھے۔"

"سمجھ گیا۔" الغو نے مسکرا کر کہا۔ "میں یہ معلوم کرنا چاہتا ہوں ٹنکو صاحب یہاں کیوں تشریف لائے ہیں؟"

"دوپہر کی چائے میں ہمیشہ کسی اچھی جگہ پینا پسند کرتا ہوں۔ آج اتوار ہے، میں نے سوچا چلو آج اس شہر کے سب سے بڑے ہوٹل راج محل میں چل کر چائے پیتے ہیں۔ یہاں چلا آیا۔ اب تم جلدی سے چائے لاؤ۔ ہاں، بڑی تیز سی اور گرم گرم۔" ٹنکو نے کہا۔

الغو اس کی باتیں سن کر پھر مسکرایا کہنے لگا۔ "ٹنکو صاحب، آپ یہاں سے تشریف لے جائیں۔"

"کیا مطلب؟" ٹنکو نے بڑے غور سے الغو کو دیکھتے ہوئے کہا۔

"مطلب یہ ہے کہ یہاں بڑے لوگ چائے پینے آتے ہیں۔ ایک دم بڑے لوگ۔ جرنیل، کرنیل، لاکھوں پتی، کروڑ پتی، نواب، راجے، مہاراجے۔ تم ایسے چیڑ قناتی کو تو اس ہوٹل میں گھسنے کی اجازت نہیں ہے۔ تم یہاں چائے پینا چاہتے ہو۔ عقل کا علاج کرواؤ"

"دیکھو جی زبان سنبھال کر بات کرو۔"

ٹنکو نے گرج کر کہا۔

"آج تک کبھی کسی نے میری اس طرح ہتک نہیں کی۔ تم نے مجھے ایرا غیرا نتھو خیرا سمجھا ہے۔ جبکہ سب لوگ مجھے بڑا معزز سمجھتے ہیں۔ جہاں تک ہوں لوگ میرے ساتھ عزت سے پیش آتے ہیں۔ میں تم کو بتائے دیتا ہوں، اگر تم میرے لیے چائے نہ لائے تو اچھا نہ ہو گا۔"

"کیا اچھا نہ ہو گا۔" الغو نے ذرا تند لہجہ میں کہا:

"کیا کرو گے تم؟"

"میں اس قدر زور سے بھونکنا شروع کر دوں گا کہ تم دیکھو گے پھر کیا ہو گا۔" ٹنکو نے کہا۔

الغو حیران اور پریشان تھا کہ وہ ایسے مہمان کا کیا کرے۔ عجیب مہمان تھا۔ اس سے پہلے تو ایسا کوئی مہمان اس ہوٹل میں نہ آیا تھا۔

الغو منہ میں بڑبڑاتا ہوا ایک طرف نکل گیا۔ وہ اب ٹنکو سے کوئی بات نہ کرنا چاہتا تھا۔

یہ کیسے ہو سکتا تھا کہ وہ ایک کتّے کے آرڈر دینے پر اس کو چائے پیش کرے۔

ٹنکو نے جب دیکھا کہ اس کا مذاق اڑایا گیا ہے اور اس کے آرڈر دینے پر بھی اس کو چائے پیش نہیں کی گئی تو وہ میز پر اگلی پچھلی ٹانگیں جوڑ کر لاؤڈ سپیکر کی طرح بیٹھ گیا۔ اور پنا پورا منہ کھول دیا۔

"بو۔۔۔وو۔۔۔وف۔۔۔!!

اچانک ہال میں کانوں کا بہرہ کر دینے والی آواز گونجی۔ جیسے دل گرجتا ہے۔

ہال کی دیواریں کانپ گئیں۔ چھت سے لٹکتا فانوس جھولنے لگا۔ جیسے بھونچال آ گیا ہو۔

چائے پیتے بڑے لوگ پریشان ہو گئے۔ یہ کیا بد تمیزی ہے۔ ایسی گڑبڑ اس سے پہلے کبھی اس ہوٹل میں نہ ہوئی تھی۔

ایک میم صاحب اپنا ایک شیشے والا چشمہ آنکھ پر سے اتارتے ہوئے دروازے

کی طرف بھاگیں۔

ایک بہت موٹے صاحب نے دونوں ہاتھ اپنے کانوں پر رکھ لیے کہ گرج سے اس کے کان کے پردے نہ پھٹ جائیں۔

"بو۔۔۔وو۔۔۔وف۔۔۔!!

ٹنکو پھر گرجا۔

"میرے لیے مکھن والے توس لاؤ۔۔۔ووف۔۔۔وف۔۔۔ کیک پیس بھی لاؤ۔۔۔ بھوں۔۔۔۔بھوں۔۔۔عف۔۔۔ عف۔۔۔ چاکلیٹ بسکٹ بھی۔۔۔ ووف۔۔۔ ووف۔۔۔ فل سیٹ چائے۔۔۔ چار ابلے ہوئے انڈے۔۔۔ ووف۔۔۔بو۔۔۔ وو۔۔۔ ووف۔۔۔ سموسے اگر ہوں تو وہ بھی لے آؤ۔۔۔ ووف۔۔۔ ووف۔۔۔انگور بھی لاؤ بھوں۔۔۔بھوں۔۔۔سیف بھی، مگر کھٹے نہ ہوں۔ اگر میرے دانت کھٹے ہوئے، تو میں کاٹنا شروع کر دوں گا۔ پھر نہ کہنا میں نے کاٹ کھایا۔ بھوں۔۔۔ بھوں۔۔ عف۔۔۔ عف۔۔۔ بو۔۔۔ وو۔۔۔ووف۔۔۔ووف۔۔۔!!"

خدا کی پناہ۔ ٹنکو بری طرح بھونکے جارہا تھا۔ جیسے بادل گرج رہا ہو۔

ہال میں بھگدر مچ گئی۔ بڑے لوگ پریشان ہوگئے۔ اگر اتنے میں الغو اور دوسرے بیرے نہ آجاتے، تو ہال میں قیامت آجاتی۔ انہوں نے طشتریوں میں وہ ساری چیزیں اٹھائی ہوئی تھیں، جن کا ٹنکو نے آرڈر دیا تھا۔

"بھئی ٹنکو صاحب، خدا کے لئے اب چپ ہو جاؤ یہ لاؤڈ سپیکر بند کرو۔ یہ دیکھو تمہاری پسند کی سب چیزیں حاضر ہیں۔"

"ہو۔۔۔ ہو۔۔۔ عف۔۔۔ ہف۔۔۔ ہف۔۔۔!" ٹنکو کو ہنسی آ گئی۔

سب چیزیں اس کے سامنے میز پر لگا دی گئیں۔

اور پھر ٹنکو مزے مزے سے کھانے لگا۔

***

چڑیا کا خزانہ

حامد اللہ افسر

بہت دن ہوئے جاپان میں ایک بڈھا اور ایک بڑھیا رہتے تھے ان کے گھر ایک چڑا روز آتا اور دانا دنکا چن کر اڑ جاتا۔ دونوں میاں بیوی اس چڑے کا انتظار کرتے رہتے۔ وہ اس کے لیے دانہ اور ایک پیالی میں پانی رکھ دیتے۔ چڑا آتا دانہ کھاتا ادھر ادھر گھومتا، کبھی ان کے کندھوں پر بیٹھتا کبھی ہاتھوں پر اور پھر اڑ جاتا۔

ایک دن بڑھیا اپنے صحن میں چڑے کا انتظار کر رہی تھی کہ اس کی بدمزاج پڑوسن آئی اور کہنے لگی "کیا اپنے چڑے کا انتظار کر رہی ہو؟ اب وہ موا تمہارے یہاں کبھی نہیں آئے گا، ارے ہاں کمبخت نے ناک میں دم کر رکھا تھا، آج میرے چاول اڑا گیا، کل میری دال ہضم کر گیا، میں نے بھی کل اس کی چونچ توڑ کے رکھ دی۔"

بڈھے بڑھیا دونوں کو پڑوسن کی رام کہانی سن کر بڑا رنج ہوا۔ وہ سوچنے لگے اب بے چارہ چڑا بھوکوں مر جائے گا، کم سے کم اب وہ کسی انسان کے تو پاس بھی نہیں پھٹکے گا کہ انسان کا کیا بھروسا۔

آخر انہوں نے فیصلہ کیا کہ چلو جنگل میں چل کر چڑے کا گھونسلہ تلاش کریں

اور اس سے انسان کے برے برتاؤ کے لیے معافی مانگیں۔

بڑھیا اور اس کا بڈھا دونوں جنگل میں پہنچے اور ڈھونڈتے ڈھونڈتے انہوں نے اپنے دوست چڑے کا پتہ لگا لیا۔ چڑا ان دونوں کو دیکھ کر باہر نکلا۔ اس کی چڑیا اور دو بچے بھی ساتھ تھے وہ سب ان نیک انسانوں کو دیکھ کر بہت خوش ہوئے اور خوب چہچہائے۔

چڑا بولا، "آج مجھے کتنی خوشی ہے کہ میرے میزبان آج خود میرے مہمان ہیں، جو اچھا برتاؤ آپ دونوں میرے ساتھ کرتے رہے ہیں اور جس محبت سے آپ میرے ساتھ پیش آتے رہے ہیں اس کا شکریہ بھلا میں کیوں کر ادا کر سکتا ہوں؟"

چڑیوں نے پھر بہت سے پھل پھلار کر اکٹھے کر دیے جو سب نے مل کر خوب کھائے۔

جب بہت دیر اسی طرح گزر گئی تو بڈھے بڑھیا نے چڑے سے گھر جانے کی اجازت مانگی، چڑا جلدی سے بہت چھوٹی چھوٹی دو ٹوکریاں لایا اور کہنے لگا "ان میں سے ایک ٹوکری ہلکی ہے اور ایک بھاری ہے، دونوں میں سے آپ ایک لے لیجئے، بتایئے کون سی ٹوکری آپ لیجئے گا؟"

بڈھا بولا، "ہم پر آپ کی خاطر داری کا احسان ہی کیا کم ہے جو اب یہ تحفہ لے کر اس احسان کا بوجھ اور بڑھائیں۔"

چڑا، نہیں یہ ہر گز نہیں ہو سکتا، ان دونوں میں سے ایک ٹوکری تو آپ کو لینی ہی ہو گی۔

بڈھا، اچھا اگر آپ کی یہی مرضی ہے تو ہمیں ہلکی والی ٹوکری دے دیجئے۔

غرض چڑے چڑیا کا شکریہ ادا کر کے اور اپنے گھر آنے کی دعوت دے کر بڈھا بڑھیا دونوں وہ ہلکی ٹوکری لیے ہوئے اپنے گھر پہنچے اور اس ٹوکری کو کمرے میں رکھ دیا زمین پر رکھتے ہی وہ منی سی ٹوکری جو مشکل سے ایک آلو کے برابر ہوگی بڑی ہونے لگی اور بڑھتے بڑھتے ایک اچھے خاصے صندوق کے برابر ہو گئی، دونوں کو بڑا تعجب ہوا، مگر جب اس صندوق کو کھولا تو اور بھی زیادہ تعجب ہوا۔ سارا صندوق بہت قیمتی ریشم کے کپڑوں اور جواہرات سے بھرا ہوا تھا۔ چڑے کی دوستی نے ان کو عمر بھر کے لیے بے فکر کر دیا۔ اب انہیں کبھی غریبی کا منہ دیکھنا نہیں پڑے گا۔

اب سنو، ان دونوں کو خوش حال دیکھ کر بدمزاج پڑوسن دوڑی ہوئی آئی اور سارا حال معلوم کر کے سیدھی جنگل کو روانہ ہو گئی۔ بڈھے کے بتائے ہوئے پتے کے مطابق اسے جلد ہی چڑے کا گھونسلہ مل گیا۔ پڑوسن نے گھونسلے پر دستک دی۔ چڑا باہر نکلا اور اس کو دیکھتے ہی ناک بھوں چڑھا کر بولا "کیوں کیا کام ہے؟

پڑوسن بولی "مجھے بڑا افسوس ہے کہ میں نے اس دن تمہاری ذرا سی چونچ توڑ دی، بات یہ تھی کہ مجھے غصہ آ گیا تھا۔ کسی کی چیز غارت ہوتی ہے تو غصہ آ ہی جاتا ہے، خیر اب ان باتوں کو چھوڑو میں تمہاری مہمان ہوں، مجھے کوئی تحفہ دو"۔

چڑا اس کی باتیں سن کر مسکرایا اور اندر جا کر وہ منی منی ٹوکریاں اٹھا لایا اور کہنے لگا "ان میں سے ایک ٹوکری لے لو۔ لالچی عورت نے فوراً بھاری والی ٹوکری اٹھالی اور سیدھی اپنے گھر کو سدھاری، یہاں تک کہ چڑے کا شکریہ بھی ادا نہیں کیا۔

یہ ٹوکری بڈھے بڑھیا والی ٹوکری سے بھی زیادہ عجیب تھی، ان کی ٹوکری تو گھر

پہنچ کر بڑی ہوئی تھی، یہ راستے ہی میں بڑھنے لگی اور ہوتے ہوتے اتنی بڑی اور اتنی بھاری ہوگئی کہ اس عورت کے سنبھالے نہ سنبھلتی تھی۔ مگر بڑھیا بہت خوش تھی وہ سمجھ رہی تھی اس میں جواہرات بھرے ہوئے ہیں اور جواہرات تو بھاری ہوتے ہی ہیں۔ غرض کسی نہ کسی طرح اسے گھسیٹ کر گھر لے ہی آئی، دو چار منٹ دم لینے کے بعد تھکے ماندے ہاتھوں سے صندوق کھولا اک دم دو بھتنے اس کے اندر سے قہقہہ لگاتے ہوئے باہر نکل پڑے اور اس عورت کو پکڑ کر اس جزیرے میں لے گئے جہاں ایسے لوگوں کو سخت سزا دی جاتی ہے جو جانوروں کو ستاتے ہیں اور ان پر ظلم کرتے ہیں۔

***

عقلمند درزی

وقار محسن

گرمیوں کی ایک تپتی دوپہر میں جب سورج آگ برسا رہا تھا اور لو کے تھپیڑے سوکھے پتھوں کو بگولوں کی شکل میں اڑا رہے تھے، فضلو اپنے آم کے باغ میں طوطوں کو اڑانے مشغول تھا۔ شریر طوطے ہرے ہرے پتوں میں چھپے چوری چوری آم کتر رہے تھے۔ فضلو مٹی کا ڈھیلا رسی کی غلیل میں رکھ گھماتا اور درخت کے طرف اچھال دیتا۔ طوطوں کا غول ٹیں ٹیں کرتا بھرا مار کر اڑتا اور کسی دوسرے درخت پر جا بیٹھتا۔ ہر طرف سناٹا تھا صرف مسجد کے پیچھے والی پن چکی کی پھک پھک کی آواز آرہی تھی۔ وہ کچھ دیر کے لئے جامن کے درخت کی چھاؤں میں ستانے کے لیے بیٹھ گیا۔ ابھی اس نے بانسری جیب سے نکال کر ہونٹوں سے لگائی ہی تھی کہ سامنے کگروندوں کی جھاڑیوں میں سے ایک خونخوار چیتا برآمد ہوا۔ چیتے نے قریب آکر بڑے دوستانہ انداز میں فضلو سے کہا،

"کیوں بھائی فضلو کیا حال ہیں؟ اس بار تو تمہارے باغ میں خوب بہار آئی ہوئی ہے۔" چیتے کو دیکھ کر فضلو کی سٹی گم ہوگئی اور اس کے ہونٹوں سے بانسری پھسل کر گھاس پر گر گئی اور اس نے سٹپٹا کر کہا۔

"شکر ہے جناب۔ بس اللہ کا کرم ہے۔"

"دوست! ذرا جلدی کرو۔ میرے لنچ کا وقت ہے۔ وہ سامنے جو دو بیل بندھے ہیں ان میں سے سفید والا لے آؤ۔ اس کا گوشت یقیناً لذیز ہو گا۔" پہلے تو فضلو کی جان میں جان آئی کہ جنگل کے بادشاہ کی اس پر بری نظر نہیں ہے۔ اس کے بعد اس نے کچھ سوچ کر التجا کی۔

"حضور! یہ بیل تو میری روٹی روزی کا سہارا ہیں۔ اس کے بغیر میں کھیتی کیسے کروں گا۔" "بھئی ہم سے یہ فضول باتیں مت کرو۔ یہ تمہارا معاملہ ہے۔ جلدی بیل نہلا کر لاؤ اتنے میں پنجے اور دانت تیز کر لوں۔"

"جو حکم سرکار۔ لیکن آپ یقین کریں کہ اس بوڑھے بیل کو مقابلے میں میری گائے کا گوشت بہت نرم اور لذیز ہو گا۔ اگر آپ کہیں تو میں گھر سے گائے کھول لاؤں۔" فضلو نے کانپتے ہوئے کہا۔

"اچھا تو پھر دوڑتا ہوا جا اور فٹافٹ آ۔ سوچ لے اگر دیر ہوئی تو میں تیرے دونوں بیلوں کو ہڑپ کر جاؤں گا۔ شیر دہاڑا۔

فضلو سیدھا اپنے دوست شرفو درزی کے پاس گیا۔ شرفو نا صرف بہت ذہین تھا بلکہ فضلو سے اس کی گہری دوستی بھی تھی۔ فضلو نے اپنے دوست کو پوری کہانی سناتے ہوئے تجویز مانگی کہ کیسے بھوکے چیتے سے پیچھا چھڑایا جائے۔

شرفو تھوڑی دیر تک اپنے گنجے سر پر دو انگلیوں سے طبلہ بجاتا رہا اور پھر بولا۔"

"ٹھیک ہے دوست۔ تم فکر نا کرو میں کچھ بندوبست کرتا ہوں۔ شرفو نے الماری میں سے سفید لٹھے کے دو تان نکالے۔ کپڑا زمین پر بچھا کر اس نے کاٹنا شروع

کیااور دس منٹ میں دس فٹ لمبا ایک پائجامہ تیار کر لیا۔ اس کے بعد اس نے اپنے چھپر سے دو بانس نکالے اور فضلو سے کہا کہ وہ یہ بانس رسی سے اچھی طرح اپنے پیروں میں باندھ لے۔ اس کے بعد شرفو نے وہ پائجامہ بانسوں اور فضلو کے پیروں پر چڑھادیا۔ جب فضلو دیوار کا سہارا لے کر کھڑا ہوا تو اس کا قد پندرہ فٹ ہو چکا تھا اور شرفو اس کے سامنے بونا لگ رہا تھا۔ فضلو لیٹ کر دروازے سی نکلا اور باغ کی طرف چل دیا۔ راستے میں لوگ حیرت سے اس کو مڑ مڑ کر دیکھ رہے تھے۔ فضلو نے سر پر ایک بڑا پگڑ باندھا ہوا ہوتا اور وہ بنکارتا ہوا جارہا تھا۔

"ارے مجھے بھوک لگ رہی ہے۔ بہت دن ہو گئے کسی چیتے کا گوشت نہیں کھایا۔ دو دن پہلے ایک شیر کھایا تھا لیکن مزہ نہیں آیا۔"

باغ کی مینڈھ پر بھوک سے بلبلاتے چیتے نے دیکھا کہ ایک دیو نما مخلوق اسے کھانے کے لئے بیچین ہے تو وہ دم دبا کر بھاگ نکلا۔

جس طرح انسانوں کو ایک نا ایک خوشامدی کی ضرورت ہوتی ہے جو اس کی جھوٹی تعریف کرتا رہے اسی طرح گیدڑ جھگڑالو چیتے کا خاص چمچہ تھا جو ہر وقت اس کی خوشامد میں لگا رہتا تا کہ چیتے کی جھوٹی ہڈیاں اسے مل سکیں۔ گیدڑ جھگڑالو جامن کے درخت کے نیچے چھپا یہ سارا ماجرا دیکھ رہا تھا۔ چیتے کو دم دبا کر بھاگتا دیکھ کر اس نے چیتے کو روک کر کہا۔

"حضور آپ کہاں بھاگے جارہے ہیں۔ فضلو نے آپ کو بے وقوف بنایا ہے۔ یہ بھوت نہیں فضلو کا دوست شرفو درزی ہے۔ اس نے آپ کو ڈرانے کے لئے بھیس بدلا ہے۔"

مجھے معلوم ہے تو جھوٹا ہے۔ تو مجھے اس بھوت کے حوالے کر کے چمپت ہو جائے گا۔" چیتے نے غصے سے کہا،

"حضور! اگر آپ مجھے جھوٹا سمجھتے ہیں تو میری دم اپنی دم سے باندھ لیں تا کہ آپ کی مصیبت کے وقت میں بھاگ نا سکوں۔"

یہ سن کر چیتے کو اطمینان ہوا اور اس نے اپنی دم گیدڑ جھگڑالو کی دم سے باندھ لی اور واپس باغ کا رخ کیا۔ شرفو نے گیدڑ اور چیتے کو کھسر پسر کرتے ہوئے دیکھ لیا تھا اور اس نے تاڑ لیا تھا کہ چیتا واپس آکر حملہ کرنے کی کوشش کرے گا۔ شرفو جلدی سے نیم کے درخت پر لگے شہد کی مکھیوں کے چھتے کے نزدیک گیا اور زور سے اس پر ہاتھ مارا۔ شہد کی مکھیاں اس کے چہرے پر ہاتھ مارا۔ شہد کی مکھیاں اس کے چہرے پر لپٹ گئیں اور ڈنک مارنے شروع کر دیئے۔ شرفو نے قریب رکھی چونے کی بالٹی سے چونا نکال کر اپنے چہرے پر مل لیا۔ اسے معلوم تھا کہ چونا شہد کی مکھیوں کے کاٹے کا فوری علاج ہے۔ اب اس کا چہرہ سوج کر غبارہ ہو گیا تھا اور چونا لگنے کی وجہ سے بہت بھیانک لگ رہا تھا۔ چیتے اور گیدڑ کو اپنی طرف آتا دیکھ شرفو نے کہا، "شاباش گیدڑ میاں تم ہمارے ساتھ مل کر چیتے کو باندھ کر لانے میں کامیاب ہو گئے ہم تمہیں کھانے کے بعد انعام دیں گے۔"

چیتے نے جو قریب آکر شرفو کو دیکھا تو وہ اسے بھوت سمجھ کر کانپ گیا۔ اس کو گیدڑ پر بھی بھت غصہ آرہا تھا جو اس کو پھانس کر واپس لایا تھا۔ چیتا ڈر کر بھاگ کھڑا ہوا۔ کیونکہ گیدڑ اس کی دم سے بندھا ہوا تھا اس لئے وہ بھی گڈھوں، کانٹوں میں گھسٹتا جا رہا تھا، ایک پتھر سے ٹکرا کر وہ چیتے کی دم سے الگ ہوا اور پانی سے بھرے

ایک گہرے گڈھے میں جا گرا۔

فضلو کی جان میں جان آئی اور اسے عقلمند اور مہربان دوست کو گلے لگانے کے لئے جامن کے درخت پر چڑھنا پڑا۔

* * *

بچوں کے لیے ایک دلچسپ سوانحی کہانی

سردار جعفری

مصنفہ : رفیعہ شبنم عابدی

بین الاقوامی ایڈیشن منظر عام پر آچکا ہے